トリガー・ハニー

銃　爪　蜂　蜜

trigger honey

Mie Koki

彌榮浩樹句集

ふらんす堂

彌榮浩樹句集・銃爪《トリガー》蜂蜜《ハニー》＊目次

句集

銃爪蜂蜜《トリガー・ハニー》

I

春の禽かほが黒くて町にをり

小川から親子出てくる柳かな

こまいぬは肛門締めて梅の花

仰山のピノキヲの鼻囀りぬ

虫鳥の白梅《はくばい》潜遊《もぐりあそび》かな

囀のなかを離宮の鳩が飛ぶ

レタス嚙む帽子のうごく子供かな

春の蟻初めから付き合つてゐる

煮魚の純なくちびる花祭

春筍を抱いてめがねの曇りをり

可愛さの域に達して桜餅

女湯をすべる少年ゆふひばり

春宵のふぐりを馬車を洗ふかに

犬以上狼未満ゆきやなぎ

蝌蚪生るるわれに五分の一馬力

橋の上に車ひしめく水雲かな

卓球少女春の仁和寺より帰る

玄関の亀の剝製のみ五月

あめんぼや立位体前屈のゆび

大学に山の鳥来て夏氷

描きかけの耳の如きが蜘蛛の囲に

雨の蜜豆法隆寺も雨か

蟻地獄のぞく鹿《か》の子《こ》のポロシャツで
目瞑りて芒種の熱き便座かな

天罰のやうな青空凌霄花

花胡瓜ヘリコプターの音が来る

青梅雨のミッキーマウス絞らるる

源五郎サンダーバード2号

検温のたびに帚木増えてゆく

占ひを一《ひと》日《ひ》信じて洗鯉

寿司桶にひかりの残るソナタかな

アロハシャツすべての雲が絡みあふ

人参が咲いて注射を打たれけり

麒麟草笑ひこらへて耳とがる

詰襟のままにプールを泳ぎをり

夏蝶や週に一度の昼の麺

祭體ボクシング・ジム覗きけり

蟷螂山牽いて足細男たち

押入のなかに人形遠泳ぎ
花へちま愛のホテルの街のなか

河童忌のすこし豪奢な水を買ふ

盂蘭盆の筋肉みせて桜島

ふくざつな顔にて茄子の馬に乗る

牽牛花ポイント2倍の日なりけり

颱風来画面には胸毛の力士

すりがらす越しの朝顔を語らう

爽やかに島辣韮に似てきたる

顔無の油漬鰯《オイルサーディン》流星群

肉の火曜日いなづまの水曜日

酸漿や男どうしの膝まくら

すずむしのひげのながさよ雲基金

閻魔蟋蟀ボウタイの似合ふ顔

オンライン脱毛の件鳳仙花

予想より赤きくちびる葛の花

箭《や》のやうに喋る子とゐて焼秋刀魚

雲いろの乳首の男秋まつり

座椅子にも上着を掛けて稲架の秋

解答と違ふ解説鳥渡る

湯の面にからだの折るる木の実かな

接吻も晩餐の類紅葉山

もずのにへ教科書に動滑車の図
ゐのししを二条木屋町まではこぶ

黄落を山鳥いそぐ寝癖かな

紅葉かつ散る扉金具《ノッカー》が獅子の顔

首を傾げてはつふゆの蜂とほる

膝までの赤きネクタイ十一月

声は縹で筆跡が冬の鳥

リヤカーで弟運ぶ猟期かな

筆箱のなかも猟期のにぎはひに

くすぐりあふ昼のふとんの嵩の中

ポケットに挿す鳥なくて冬紅葉

枯葉いづれもクリント・イーストウッドかな

鳥籠に鳥の浮彫《レリーフ》山眠る

ちりもみぢ春画の奥のきつね目も

どこか行軍極月のドライフラワー

生放送なのに竹馬から降りぬ

講堂に椅子をならべて鶴を待つ

枯葉ふみ撞球室へわたりけり

ごまめ嚙む飛鳥美人のほほをして

元旦の靴紐をまだ結びをり

鴛鴦のゐる町素晴らしきカツサンド

養蜂場よりの緩《ゆる》襟巻男

パーカーの襟紐の左右《さう》鳰

葱に風の斑《ふ》薬局に巨女《おほをんな》

もみあげがへそまでつづき夜鷹蕎麦

一日の端から端へ干菜かな

流氷を想ひトイレを磨きをり

いるか似の息子とふたり牡丹雪

トラックの揺れが浅蜊の椀にまで

鷹鳩と化す総《ふさ》総《ふさ》の粉チーズ

握手して燃え上がるひと芽吹山

はぢらひの鯨ベーコン囀れり

老夫婦なれば鶏めく春の暮

椿咲くこんにゃく色の藪のなか

犬小屋に饐えゆく犬や花吹雪

舟でゆく雪隠のこと花馬酔木

両頬をてからせてなほ焼鰆

鼻髭のパーティー・グッズ春の鴨

ねぎばうず大僧正となつてをり

春落葉乙女走りのててててて

Ⅱ

ブラームスほどのひげづら雛祭

霾や水湧くやうに笑ふひと

巨《おほ》砲《づつ》が美人飛ばして海胆日和

野遊びの靴が三和土に跳ねてをり

囀を離れて喫茶於《お》巣《す》路《ろ》まで

くちびるが顔ほど腫れてくわとのひも

贖罪のおたまじゃくしを提げてゆく

蝌蚪に足黒猫メイド魔法カフェ

犬叱るための地団駄ゆふざくら

水さしのむかふの都踊かな

崖よぢのぼる恍惚をわらび餅

永き日の雨の猿捕茨かな

春嶺にひとり頭《つむり》のとがりをり

朝餉にも飛龍頭ならぶ躑躅かな

チューリップそろそろ排水管《パイプ》詰まる頃

夕雲雀ためらひつつも湧く拍手

煮付けより着付け大事に花杏

転校といふほどでなくかたつむり

蟻湧くを見てゐて父娘らしくなる

蛇苺まじめに雲のうごきをり

ある夏の苔むすガードレールかな

風の日の毛虫づくしの寺を訪ふ

全員が剣道部員かきつばた

憂鬱な雨雲破《や》りて天牛来《く》

苔の花官吏は廟に辿りつき

答案の∴∴を青嵐

青梅雨のアニメーションのきつねかな

ひた殴る映画の彼等洗ひ鯉

オルガンの音色の金魚ふえてをり

川風の頌詞《オマージュ》として水羊羹

椅子となる男の譚蓮の花

あつまつて唄ふ約束未草

神武以来《このかた》氷菓つらぬく淡き棒

花柄の浮き輪の中のむすこかな

図解にて魔球のひみつ花胡瓜

楽器屋のなかあかるくて新牛蒡

青春のコードのねずみ花火かな

遠雷やミックスピザに海苔のひげ

蜘蛛とんで無声映画に踊るひと

磁界図の密な矢印ジギタリス

うつせみの童顔函に並べたる

秋蟬やＰ氏このごろ来てくれず

陸橋のやうな食欲はつあらし

ふとん屋に半島の絵図鳳仙花

稲妻を花束と思ふ峠かな

かりがねや切手にひげの男たち

萩ゆるる数秒間を飛ぶ少女

秋の七草ライオンのかぶりもの

鈴蟲の匣の渦巻模様かな

水平にひらく両脚焼秋刀魚

毛もはえて昼の蟋蟀好きになる

入江までゆかず青梨むいてをり

神輿めく昼のかきあげ秋彼岸

秋鶏が散つて吊り目の肖像画

スプーンをかざせば映る茸山

靴下も替へずに鴨の渡り来る

木犀やむかしは枕並べたり

洛外を秋のボクサーパンツ舞ふ

ななかまど麺霞むほど葱盛つて

鵙の秋ケトルロから銀の鹵《ろ》簿《ぼ》

男らの振付そろふ鵙の贄

山芋や劇中劇に紙の雪

黄落を語るはちどりめく顔で

棍や奥へ之くほど鳥世界

猟期来る何百色の黄の中に

寝顔よりおほきな笑顔落葉期

レノン忌のゆふばえいろの紅茶かな

録画してずつと其のまま敷松葉

兎抱くときの項《うなじ》のかゆさかな

さまざまな音の落葉を拾ひけり

くちびるで狐の耳をたたへあふ

どの鳥も宙吊りにして山眠る

蔵ほどの鞄背負ひて鴨の街

風呂吹の半人半馬族《ケンタウロス》のにほひかな

絵襖の鶴痛飲が止まらない

琴ほどの三角定規浮寝鳥

毛深くもなき羽子板の恥づかしき

鳥が巣に帰るはやさで屠蘇を受く

つくりたて哉熱熱の雪だるま

黒板を黒板消しの舞ふ鯨

ハチミツをツミチハにして雪催

雨と雪あねといもうとほど違ふ

浮寝鳥チーズかまぼこらしさとは

太陽と真鴨廊下は走らない

歌詞のなかをきさらぎの男が疾駆

別れ霜山の菜鳥つぽく煮えて

化粧して荷台に梅と揺れてをり

きさらぎの画数繁き水面かな

ライオンに囓られぬまま卒業す

真上よりうどんを撮る日山桜

蘖やひげの兄弟なら走る

三月になつても鶏の肝を買ふ

餃子舗の窓から見えて春の鴨

蒸菓子に噎せて囀とほくなる

筆箱に象が載つても花月夜

はなおぼろ黒猫いろのパスタ巻き

南米の腰ふるをどり春甘藍《きやべつ》

昼からは部屋かたづけて鳥の恋

父だけに見ゆる春服のをばさん

舌の上に黄金週間の飴が

Ⅲ

だしまきの隣つくだに巣立鳥

本人が歌ふ主題歌魚は氷に

ぜんまいに半勃ちの雨いつまでも

獺祭魚《かはうそうををまつる》を平熱で肯ふ

兄と寝てさへづり山の近きこと

くろねこのひげがまつしろ花祭

目瞑りて頬張る覚悟百千鳥

蝌蚪のひとも運動競技《スポーツ》なのか愛なのか

残り鴨診察室の十並び

鳥番ふ男のめじりにも刺青

雄叫びの聴《やが》て雌叫び春落葉

永き日のわかめうどんに終はる旅

まなうらに春禽を飼ふのか君は
ゆきやなぎ老爺のこゑの巨きさに

女子に囲まれ蝌蚪のまねさせらるる

若鮎の口噤みたる遊びかな

蜂いろの顔の男とぶらんこに
深山虎杖混浴にあこがれて

腕組みの覆面レスラー松毟鳥

釣堀の帰途のＡＴＭは混む

木幡から来て面長の苺買ふ

葉桜や風の総和が空ならば

麻婆春雨夏蝶になる途中
愛鳥週間くちびるを×《ばつてん》に

コピー機のあらゆる機能蛇苺

スリッパのなかの薄闇時鳥

映画観て指よく洗ふ水馬

仙人掌は貘の寝言のやうな花

梅雨の地震辣油小瓶が落ちてゆく

まひまひやすでに龍三郎の雲

天平のころの物音ありぢごく

青葉木菟長き財布に鍵の膨《ばう》

鷺と青鷺川《せん》柳《りう》と川《かは》柳《やなぎ》

オスカー像並みの青唐辛子かな

太陽の塔のくちびる滑莧

まばたきを我慢して蜜豆である

似顔絵がその人に似て祭髑

素潜りのやうに泰山木の花

予約して夏大根をおろしてゐる

三伏の拉麺に挿す散蓮華

夏帽の彼をトムヤンクンと呼ぶ

御陵に寄らぬバスにて赤鱏へ

金堂の遠くて鼠花火かな

モノクロの怪獣映画夏野菜

盂蘭盆の淡きつのだすかたつむり

自転車で秋津の如く帰つて来る

この町やめぎつねうどん蓼の花

ピーマンの奥のくれなゐ初嵐

技術史にギロチンと螺子きりぎりす

脇汗が出島のやうに鳳仙花

未明より午《ひる》までの寝《しん》青蜜柑

ぎんなんや銅鑼を鳴らしに来る少女

演劇部秋の野菜の硬さかな

性格悪さうな水蜜桃を剝く

うすもみぢ忍者募集の貼り紙も
白桃のお礼に犬の絵葉書が

絵のなかに木が生えてゐる赤い羽根

本当の趣味を云ふまで梨責めに

ゐのこづち不忍口で待つてゐる

手かざせば水の流るる芒かな

地球から手足はみでて鮭茶漬

猿の事情で晩秋の休園日

弟を転がす遊び今年藁

残る蟲肉と光とまじりあふ

魴鮄に口さびしさの口笛を

霜月の蛇うつくしき眼鏡かな

口角をあげて猟期の教室へ

落葉に煙たき酒を酌み交はす

手洗ひの手順猩猩木の花

寄せ鍋に派手な雨傘巻いて置く

大阪や犬のにほひの雪が舞ふ

山茶花のあそこ面相筆で描く

鳥が歯にはさまつてゐる冬休み

別の橋わたつてみそかそば啜る

はなれめのでんきなまづがはつゆめに
眉太きまま焼鳥を喰ふ姉妹

はなみづをまだこぼさずに花屋にゐ

白葱に焦げ斑《むら》卒塔婆小町かな

人参の芯まで遊びごころかな

鮟鱇や椅子を閲すによき光

肝臓のなかをアノラックの父が
浮寝鳥また食パンの店ふえて

えりまきが淡き伽藍のなかを行く

卒業の前の根菜サラダかな

球衝《つ》く稽古《レッスン》白梅の屋上に

水草生ふ岩波ワイド文庫かな

からすより黒き声にて入学す

猫柳つまむところのなきスープ

ごきげんな影のびてをり紫荊

母方のほくろが眉に巣立鳥

諸葛菜櫂でて帆でてガレー船

囀や男子便器は口あけて

鳥渡《ちよつと》ふてくされて庭のねこやなぎ

孝行のあとの恍惚金鳳花

口髭の男が来るぞ花苺

とかげ見てだしまき色のゆまりが出

熊ん蜂ロマン・ポルノの・《なかぐろ》に

韓国暗黒映画《ノワール》蒲公英絮離さず

竹秋の恐竜柄のシャツの母

ゆきやなぎ太田胃散のテーマ曲

畢

あとがき

第二句集『トリガー・ハニー　銃爪蜂蜜』を上梓します。二〇一〇年の『鶏』から、社会的にも個人的にも激動・激変の十五年間でしたが、中原道夫先生・「銀化」の仲間たち・句会や研究会を共にする皆さん等に、様々な刺激を頂きながら、俳句づくりを続けて来られたのは、幸せ、というしかありません。有り難うございます。

収めた三百句は、どれも〈生活の俳句化〉の積み重ねから生まれてきたものです。日常生活で出会う凡事が有季定型のかたちに（無理矢理）嵌め込まれることで、「なんじゃこりゃ?」と居心地悪い感触を纏う不思議なイメージとして立ち現われる。これが僕にとってのいい俳句です。慧眼の皆さんに、多様に読み解き、多彩に楽しんでいただきたい、と願っています。なお、謎めいた句集名（句集中に〈解〉はあります）の「トリガー」は、通常「引金」とするところを「銃爪」と表記していますが、「ザ・ベストテン」世代の皆さまには首肯していただけるのでは、と信じています。

彌榮浩樹

著者略歴

彌榮浩樹（みえ・こうき）

1965年　鹿児島県生まれ
1998年　「銀化」創刊入会。
2010年　第一句集『鶏』上梓。
2011年　「1％の俳句――一挙性・露呈性・写生」
　　　　で第54回群像新人文学賞受賞。
現在　「銀化」同人。京都市在住。

メール：miekoki@outlook.jp

ふらんす堂

句集　銃爪蜂蜜《トリガー・ハニー》

二〇二五年三月三日　第一刷

定価＝本体二八〇〇円＋税

●著者――彌榮浩樹

●発行者――山岡喜美子

●発行所――ふらんす堂

〒一八二―〇〇〇二東京都調布市仙川町一―一五―三八―二F

ＴＥＬ　〇三・三三二六・九〇六一　ＦＡＸ　〇三・三三二六・六九一九

ホームページ　https://furansudo.com/　E-mail　info@furansudo.com

●装幀――君嶋真理子

●印刷――日本ハイコム株式会社

●製本――株式会社松岳社

落丁・乱丁本はお取替えいたします。

ISBN978-4-7814-1717-2 C0092　¥2800E